KB251277

북두성

윤여건 시집

시인의 말

작지만 견고한 성채 하나 쌓아 올렸습니다.
나를 언제나 일깨워 주던 자연과 성찰과 상처와 사랑.
그리고 직관의 힘으로

나는 희망합니다.

초대받은 손님들이 성채를 둘러보고 문을 나서면. 마음의
빈 들녘에서 들려오는 소리의 강이 있어. 그 물결 따라
자유로이 걸어가기를

— 여름으로 가는 일주문 앞에서

차 례

● 시인의 말

제1부

제2부

제3부

제4부

제1부

가을 나비

가을의 끝으로 흘러가는 곳
야생화는 보이지 않고

메말라 가는 넝쿨 사이로
단색으로 유혹하는
가을 나비는
작다.

간밤에 피워 올린 서리꽃
아침 햇살에 툭—툭
털어내고

지나는 이의 발걸음에 따라잡히어
바짓가랑이 사이로
밀려가도

길이 있어 길을 가고
향기 있어 향기 따를 뿐

가지에 내려앉는 나비 뒤로
가을 풍경이 고요히
멈춰 서 있다.

가을 단상斷想

추억의 실타래가 풀려 나풀거리며 허공 속으로 미끄러져 간다.

나는 가끔 살아 있다는 것이 신기할 때가 있다. 아침 새들의 지저귐이었던 것들이 모두 떠나간 세월이었으므로

가을.
아직 내 곁을 지나가고 있다.

절정을 향해 변해가는 청량한 가을빛과 새벽 찬 이슬 공기. 그것들이 다시 나를 눈뜨게 할지 모른다. 눈을 뜬다는 건, 고독 나무의 슬픔을 까마귀의 검은 눈동자처럼 사랑하는 일이다.

가을비

어제도 오늘도
가을비

가을비는 가늘다.

너무 가늘어 갈 수 없는
먼 고향 같은

인생의 굽이굽이 거쳐오며
가늘어진 비

가을비에서
내 어머니 향기가 난다.

가을은 기억을 향기로 바꾼다

놀이터에서 들려오는
아이들 목소리에서

차가운 대나무 향이 난다.

차가운 것은
쓸쓸하지만 깨끗하다.
바람이 쓸고 간 거리처럼

베란다에서 우는
밤벌레 소리에서

플라타너스 잎 떨어지는
텅— 빈 학교 향이 난다.

산마루 끝에 걸려
마지막
보랏빛을

강물에 떨구고 떠나는

가을,
가을은 기억을 향기로 바꾼다.

겨울꽃

스치기만 해도 풀들이 가루 되어 날린다. 비도, 눈도 내리지 않고 온통 미세 먼지뿐이니. 가드레일에 기대어 쉬다가 다시 꽃을 꺾는다. 가을 쑥까지 바닥에 쓰러져야만 울긋불긋한 제 모습 드러나는

겨울꽃

마대에 담아 묶고 지나온 길을 돌아본다.

진파란 유리알 속 하늘에 독수리 떼가 맴돈다. 겨울이면 찾아와 가장 높은 절벽에 앉아 지상을 바라보는 독수리

자신이 버린 꽃을 다시 꺾어 가는 이가 누구인지 지켜보고. 그를 태우고 어디든지 날아가기 위함일까?

껍질 벗는 나무

둥글게 말려 올라간 것들이
비늘처럼 층을 이루고 있다.

한겨울
껍질 벗는 나무

껍질을 떼어 본다.
앳된 생살의 피부가 붉다.
피가 돌고 있는 것이리라.

봄이 오기 전
나무도 새로운 무언가가
필요했지 않았을까.

더 뜨거운 마음
더 부드러운 마음
더 높은 마음*

지나온 생의 흔적들이

차가운 바람 앞에 우수수 떨어져 내리고 있다.

* '9와 숫자들'의 2집 앨범에 수록된 곡의 제목에서 인용함.

그러기로 했다

두렵거나 슬프지 않았다. 그렇다고 겨울을 기대한 건 아
니다. 문은 열려 있고 바람의 향기로 귀향하듯 그 깊이의 새
살 만져보며 한쪽 구석을 비워 두는 것이기에

이젠,
그러기로 했다.

놓아버린 자가 제 살을 덜어내듯
그리하여 처마 아래 길을 내어 지류의 습지로 흐르게 하듯

무심의 터널 되어 겨울 행 열차를 맞이하기로 했다.

길 · 1

아직도 꺼지지 않은 샛별의 온기 느끼며 숲으로 들어갑니
다. 험준했던 마음의 산맥 지워지고 보이지 않는 가운데 보
이는 것처럼

나 없는 존재가 됩니다.

세상 밖으로 나가기 위해, 햇살 방울들 어린 마음의 어깨
에 내려앉아 고드름 녹여주던 길을

나는 걷고 또 걷습니다.

길 · 2

   길은 햇살과 그늘이 서로의 빈자리를 채우고 있어 아름
답다.

   뒷모습을 바라볼 수 있도록 걸음을 멈추게 하는 것은

   햇살 속에서가 아니라

   그늘진 의자의 침묵

   그곳에 앉아

   아가의 작은 손가락처럼 빛을 오므려 잡고 울고 있는 이
가 있다.

길 · 3

늘어선 나무에 가려 길은 빛을 잃어갔다.

어둠이 섞인 연둣빛. 발목을 타고 오르더니 하늘에서 오로라가 피어났다. 송이-송이 송홧가루. 비 온 뒤 길에 스민 매혹의 착란.

토끼를 키우는 산장의 집. 돌아 내려오고 있었다. 그런데 보랏빛 길이라니! 배수로 따라 피어난 철쭉꽃. 가로등 되어 어둠을 비추고 있었다.

천국의 문에 다다른 오늘에 감사했다.

그러나 내일이면 사라질
무상함이여!

그러다 문득

연둣빛 길과 보랏빛 길이 이토록 아름다운 건 지금이라는 순간이 있어 가능하다는 생각이 어둠별 되어 반짝였다.

길 · 4

산으로 간다.
걷던 길 거슬러 다시 올라간다.

찬란했던 태양
산그늘 되어 연기처럼 가라앉고

잃어버렸구나!
영원히 찾지 못할 거야.

잃어버린 게 이것만 있었을까?

놓아버려야 할 것들은 이것만 있을까?

밤벌레 소리
개구리 소리
산새들 소리
듣지 못하고

밤의 말랭이로 나를 이끄네.

마음의 바닥에서 울려오는 소리만이

길 · 5
— 별리別離 · 4

숲속 사이사이
눈은 가루 되어 날리고

그리움의 언덕
우산을 쓰고 숫눈 위를 걷네.

그대가 내 곁에 있네.
팔짱을 끼고

— 나를 얼마나 사랑해?
— 태양이 멸망해도 당신 곁에 있을게.

눈을 뜨니
두 발자국 쓸쓸히 걸어가네.

저만치 가야 할 길
눈 속에 묻히고

나 이제 나의 길을 가야만 하네.*

아직 모르는 곳이지만

그대 두고 가려 하네.**

*,** 장덕의 노래 '예정된 시간을 위하여'에서 인용함.

끈 이야기

모든 것을 놓는다는 것은
곧 죽음이라고 했다.

놓아도,
다 놓아도
부여잡을 끈 하나는
있어야 한다고도 했다.

하지만
모든 것을 놓았을 때
깨끗하지 않나?
자유롭지 않나?
놓는다면
모든 것을
그곳에서 예쁜 꽃 피어나지 않나?

그래도 후배는 말했다.

다시 살려니

무언가

부끄러운 욕심

하나는 잡아야겠다고

나의 기도는 천사와 같다

겨울은 서리에 갇힌 수감자

차의 히터가 데워질 때까지 팔짱을 끼고 키스도 하며 외
투 속으로 손을 넣는다.

어제 일은 어제로 끝내야
밤은 찾아오고
그것들은 별 되어 빛나지.

석탄 피부에 하얀 알사탕 가루가 박혀 아스팔트가 눈이
부시다.

강물처럼 무심히 흘러가기를
젖어 들지 않기를
수면에 비친 뜬구름에

나의 기도는 천사와 같다.
옷을 걸치지 않은 천사들이 가드레일 따라 손을 흔든다.

나이테에 관하여

아카시아를 자른다. 나무가 쓰러질 때마다 한 생애의 고요를 알리는 맑은 총소리가 났다.

바닥에 앉아 잘려 나간 밑동을 본다. 흰빛과 검붉은 빛이 등고선처럼 휘어져 띠를 이루고 있다. 저 검붉은 빛. 눈과 바람의 무게를 맨몸 하나로 견뎌낸 세월의 지도 아닌가.

젊은 반장이 "형님, 나이테를 한 번 세 봐유." 하며 먼저 나이테를 센다.

기계톱 소리가 다시 겨울의 한쪽 모서리를 때리고

독수리는 왜 겨울에만 찾아올까? 맴돌며 그려내는 하늘의 그림에서 우람하게 지상을 울리는 검푸른 나이테를 보았다.

제2부

낙엽

빙빙 돌지만
중심을 잃지 않는다.

둥그렇게 접힌 곳으로 바람이
질주하면 할수록
더 높은 곳으로 솟아오르고

머나먼 여행을 떠나듯
멀어져 가는
마른 낙엽

마름은 소멸의 어디쯤에 있는 것

그 끝을 통과하면
잎이 둥그렇게 말아 오른다.

나의 마음은
사막에 닿지 못했다.

땅에 끌리며 나아가다
뒤집히고
구덩이에 박혀 생을 마감하는

수평의 낙엽

잎끝 갈라진 가시 품고
당신을 모질게도 찔렀다.

낮달

열 시와 다섯 시 자리에
수평의 끝을 걸치고 회전하는
비행접시

창백한 얼굴을
내밀고 있었습니다.

그날 밤
보았습니다.

황금빛 사원으로
빛나고 있던 낮달을

보이지 않았던
희미하게만 보였던
그대도
저 달처럼
언제나 빛나고 있었겠지요.

나만 바라보았던 마음이

밤에도

낮처럼 밝아

그대의 빛을 가리어 왔음을

뒤늦이 알았습니다.

눈

신이 불어낸 입속의 바람 타고
내려오는
날개들

천사가 죄를 지어 신이 그 벌로 떼어낸
것들이 바닥에 쌓이지 않고

녹아
내리네.

지붕 위엔
새하얀 천사들 내려와
사라지는,

속절없이 사라지는
날개를

물 먹은 어둠이 지상의
문을 열 때까지 바라보고 있네.

동목冬木

라디오에서 청취자의 사연이
소개되고 나는 눈물을
참을 수 없었다.

몇 분 지나면
눈물은 마르고
기억도 사라지겠지만

두 글자

돌멩이처럼 박혀
내가 무언가를 채우려 할 때
또르륵 하며 굴러 나올 것이다.

누군가를 위해
마음 주고 떠난 이의
뒷모습을 추억하는 건
눈물로 자라나는

나뭇잎
소리

집에 돌아와
가슴에 떨어지는 낙엽 밟으며
단풍길을 걷는다.

누군가를 위해
자신을 버리고 떠난 이의
나무는 겨울이 와도
잎이 지지
않으리.

둥근 것들은 누군가에게 등을 내어주고

누워 있지만 서 있는 모습 그대로 각져 있는 고양이. 살아 있는 것들은 모두가 둥근 잠을 자기에 나는 두렵다. 다가가 몸을 만지면

"네가 그랬지? 응, 네가 그랬어? 네가 날 이렇게 만들었어?"

손가락을 콱— 물고는 할퀼 것만 같다.

길가 화단에 고양이를 뉘어 놓는다. 저 멀리 형광 조끼를 입고 집게로 쓰레기를 주우며 걸어오는 할아버지. 애벌레처럼 허리를 둥그렇게 말아 길 어깨를 잡아당긴다.

나는 룸미러로 화단 있는 쪽을 보지 않기로 했다. 눈송이가 바람을 타고 내려오듯 둥근 것들은 누군가에게 등을 내어준다 믿기에. 따뜻한 흙 내음과 꽃향기가 가지가 되어 차가운 고양이의 몸을 덮고 하늘로 올라가는 모습을 상상하다가

액셀을 지그시 눌러 밟는다.

또, 가을

바라만 봐도 좋다.
봐도 좋아 그저 바라만 본다.

벼들이 베어진 논과
아직 익어가는 벼들 사이로

또,
가을

가을 속에선
가을이 가고 가을이 다시 돌아온다.

나가 사라지는 마음
마음을 데려가는 빈 가지 끝
사과 하나

눈이 감긴다.

어둠이 맑다.

맑아서 흘러가는 어둠이다.

마법을 믿는 신자가 되어

시소 타듯 날아가는
새 한 마리
언덕 몇 개가 공중에 생겼다.

하늘 정원

나는 정원을 걷는다.
이어폰을 끼고 슬픔이 흐르는 음조 속으로

풍경이 오거나 스르륵 밀려난다. 입체파처럼. 나는 걸어
가는 게 아닌 스미어 들어가는 것

팔을 벌리고 자유를 들이마신다.
그리고 그녀를 생각한다.

장덕의 영혼아! 내게로 오라. 영혼의 밥을 함께 먹자. 너
의 못다 한 마음. 나의 잉크가 되어다오.

마법을 믿는 신자가 되어 주문을 외는 것이다.

모과

낙엽 하나 없는 가지들이 추위에 긴장한 듯 검회색에 푸른 기운이 감돈다. 가지에 걸린 보름달. 살짝 손끝 닿으니 힘없이 떨어진다. 바람 한 자락, 눈 한 송이마저 천 근 무게로 다가오는 시간. 생명을 내려놓고 싶어도 마지막 순간까지 차마 놓을 수 없는 마음이란? 병상에 앉아 촛대의 몸으로 여린 기도의 불을 밝히던 스님의 모습. 꼿꼿한 가지에 걸친다.

무풍지대無風地帶

싸락눈이 똘강에 내린다.

세상은 하양과 잿빛 정거장의 어디쯤에 와 있고 낯선 이
를 보고 짖던 개들도 눈발에 가려 보이지 않네. 고요만이 유
일한 소리처럼 들리는

들녘의 무풍지대

풍경이 조금씩 밀려나네. 그리움의 빛으로 멀어져 가네.
아아, 평화란 근경이 아닌 원경의 세계에서 오는가.

봄비

큰아버지가 떠났다.
사람들은 그가 영양실조로 죽었다고
자식들만 욕하고 있었다.

상여가 떠나는 날
아버지는 황달이 끼어 노란 얼굴로
그렇게 싫어하던 형님의 뒤를 따랐다.

그 절름발이의 고무신

아버지는 지팡이를 짚고 텃밭에
꽃씨를 심고 싶다고 했다.
꽃씨가 피는 것을 보았으면 좋겠구나.

석양이 지고 있었다.

상여는 가고 나비 한 마리 뒤따르고 있었다.
어머니는 니 아버지는

좋겠구나.

좋겠구나.

그날 밤은 봄비가 조용히 내리고 있었다.

부여대교

물 위로 드러난 검은 흙덩이
저건 물새 발자국 하나 없는
유배의
섬

언제나 마르지 않는
저— 너른 강을 본다.

수문이 닫혀 깊어 가는
우울,
우울의 강

내 마음은
낮게 흘러가고 있는가?

강줄기 따라
음표를 밟고 건너뛰던
옛 소리의 강들

누군가 내 마음에 내려앉아

모래톱을 날아오르는 열린 강의 물보라를 보는가?

북두성

산책에서 돌아오다
일곱 개의 별이 내 눈의 모든 것을 채우고 있음을 알았습
니다.

새해 첫날.
나를 바라보는 별빛은 상서롭고 한 해의 점괘를 부여받
은 듯

꽃나비 몇 마리가
날아올랐습니다.

제자리에서 빙글 돌며 하늘을 봅니다.
뭇별들이 기지개를 켜고 저마다의 형상으로 움직이기 시
작합니다.

신령님!
당신의 이름을 불러 봅니다.

수많은 별이 있고 그것들은 영혼의 날개를 달고 당신의 목소리를 삼키고 잠자는 우리 곁에 내려와 이마에 입맞춤하고 당신이 보낸 말씀을 속삭이고 있다고

불티

— 별리別離 · 2

머잖아 찾아올
가을 무서리

나 또한 어느 바닷가에서 바람 서핑하는 갈매기를 보고
있을 것이다. 아무것도 일어나지 않은 것처럼. 손가락을 펴
고 푸른빛에 물들 듯이

그렇건만,

밀려오는 파도 더 이상 밀어내지 못하고 주머니 속에 숨
긴다. 전화를 기다리고 있는 그 마음에 놀라 등대마저 무너
져 내리고

꺼지지 않는
불티

아직도 내겐 밤이 더 잘 어울리나 보다. 불티가 내 마음
가장 어두운 날맹이로 날아올라 재가 되어 떨어질 때까지

제3부

빗방울 · 1

난다는 것은
언젠가 날아올랐다는 것

내 가장 슬픈 이별도
뒤에 일어날 일들을 미소 짓듯
바라본다.

무거웠던 생
깨지는 소리 들린다.

부서진 파편들 죽지 않고
영혼의 가벼움으로

난다.

날아오른다.

저 하늘의 별들도
한때는 상한 영혼 아니었겠는가.

빗방울 · 2

하늘에선 험상궂은 얼굴을 한 병마갱들의 행진. 어린이날
이 내일인데 어느 왕조가 만들어 놓았나. 말들의 거친 숨소
리. 숨 막혀 온다.

하늘로 날아 올라가는 오색의 풍선들. 반바지에 하얀 운
동화를 신고 달려가는 아이들. 텔레비전에서나 보았던 오월
의 꿈 혹은 소망

부모님은 일 나가시고 빈집에 묶인 개에게 화풀이하다 모
종 앞 큰 나무에 올라 천둥을 부르는 소년

슬레이트 지붕을 타고 주르륵 흘러내리는 아, 내 유년의
빗방울, 빗방울들

산山

저만치 앞서가는 바람
한 자락

홀로 있는 시간 위를 걸으면
길은 언제나 길을
지운다.

알고 있던 것 지울 때
모든 것 사라져
두려워도

보이지 않던 것 보이고
들리지 않던 것 들린다.

나가 여럿이었다가 하나 되고

내려오는 끝자락
비로소 산만 남을 때

길은 또다시 길을 지운다.

상실의 시대*

눈을 감는다.
고요는 오래 가지 못한다.

내가 어느 곳에서
무엇 가운데에 둘러싸여 있는지
생각해 본다.

흔들리고 있다는 것
흔들려 왔다는 것

관계를 두려움에 가두어 멀리하였구나!

눈을 떴다 다시 감으며
세계 속에 나의 믿음을
잃어버린
믿음을
지나가는 바람같이 불러보는 것이다.

* 무라카미 하루키의 장편소설 제목

새 · 1

    이제 길을 벗어나 무덤가로 가지 않기로 했네. 사람들의 발길이 닿아 이어진 길. 고개 들고 사람을 햇살처럼, 바람처럼 그리고 상처를 지닌 나처럼 바라보기로 했네. 마음의 눈동자 숲 위로 띄우면 슬픈 눈을 가진 나도 새가 될 수 있다 믿기에

새 · 2

그 사람 생각을
생각하지 않으렵니다.

알 수 없는 생각을
생각하는 것은

그 사람을 판단하는 일이요

그것으로 나를
심판하는 까닭입니다.

그 사람 생각을
그 사람에게로 놓아주렵니다.

불안에 떨던 내가
다시 새로 돌아오기 위하여

그 사람 또한 허공으로 돌아가기 위하여

새 · 3
— 사이보그

새가 하늘을
조금씩 오를 때마다
날갯죽지 사이로 협곡이 깊다.

땀이 아홉 구비의 폭포로
떨어질 때
비로소
바닥이 보이기 시작하고

살아남기 위해 힘을 풀고
허공에 기대는 법을 배운다.

날개의 협곡 사이로
헬리콥터가 굉음의 햇살을 튕긴다.

헬리콥터의 날개에는
한 종지의 슬픔이라도 담아낼 수 있는
둥그런 힘줄이 있는가.

차가운 쇠 날개를
근육 속에 넣고 날아다니는
사람들

죽음마저도 칩을 심어 살려내는
신족神族이라 불리는
인간 사냥꾼

새 · 4

어떤 이는 말합니다.

나는 너보다 새로 온 저 친구가 더 맘에 들어. 네 불안한
마음엔 크레바스가 있어. 네 옆에 있는 친구는 오늘 처음 봤
지만 그 마음에 앉아 쉬기도 하고 낮잠도 잘 수 있다네.

술잔 속에 낙엽이 쌓여갑니다.

나는 철학과 역사, 경전을 읽고 사회과학으로 칼을 갈았
지. 그리고 시인이 되었어. 누군가는 말하지. 네 시는 거칠
어. 폭풍이 주먹질하는 밤하늘처럼

아무리 책을 읽고 시를 써도 날지 못하는 새

날아야 한다는 호리병 속의 공기는 오히려 뚜껑을 닫습니
다. 나는 이미 날고 있는지 모릅니다. 밤하늘의 별들처럼 하
루하루 제 자리를 지키며 움직이고 있다는 것만으로도

새 · 5

솟아오르던 해가 봉우리에 걸려
시간이 잠시 멈춘 듯한데

역사에 정의란 없고 오직 진화만
있다는 어느 교수의 말이 떠오른다.

하얗게 서리 낀 나뭇가지를
오르내리는
작은
새

동물의 진화 속도는
너무
느리고
인간의 진화는 블랙홀인데

점심 도시락을 준비하며
창밖을 바라보는

또 다른
새
한 마리

새 · 6

하늘 위로 떼 지어 날아오른다. 실을 파르르 풀었다 땡기
면 연은 보이지 않고 허공만 남듯이

곡기를 끊고 물도 마시지 않고 몸이 푹— 찢어져 그 속에
서 하얀 솜털이 하나하나 펴지기를 기다려 온

새들은
하얀 민들레

제 모든 것을 버리고 씨앗에만 사랑을 모은 것들이

함박눈 되어 내려앉는다.

소나기

뿌려 대는 화살에
옷과 가방이 피에 젖은 지
얼마 지나지 않았는데

라디오에서
그건 장맛비가 아니라
소나기라 한다.

비가 얼마나 오래 내리든
험상궂게 내리든

이젠 소나기

사막을 걷는 이에게 들리는
신의 음성이거나
이슬 속 달님 같은 서늘한 향기로움

내 생애의 소나기는
길고 긴 장맛비가 지나서야 온다.

수족관 앞에서

물 위로
떠오른 것들이 바라보는 곳은
아득한 고향

수족관 앞에서 무릎을 꺾는다.

간재마.
너에게도 나라는 의식이 있니? 나가 있다는 건 나를 사랑
하는 거야. 세상 모든 사랑은 나에게서 나온 거지.

그리고 마음이 있다는 거야. 마음에는 다리가 있어 무언
가를 향해 다가가지만. 낮은 곳으로 흐르지 못하면 고통을
느끼는 거지.

간재미가 본다.
아무런 움직임 없이 괴로워하는
나를

간재마.

나는 네가 나라는 의식을 갖지 않았으면 좋겠다.

무얼 사랑할 것도, 가는 마음 붙잡을 것도 없으니. 마지막 숨의 기도를 고통 없이 올릴 테니 말이야.

슬픔은 내 몫으로 남는다

신이 또다시 기회를 주셨다.

'죄 없는 삶을 살아라.'

욕망은 단풍잎보다 빨갛고 가을빛보다 찬란하다. 잎 진 자리마다 차갑게 둥지를 트는 휑―한 바람. 무얼 위해 신성한 노동을 하고 먼 거리를 오고 갔는가.

한순간 헛디딘 발자국이 삶을 가르고 새벽녘 장난치는 새의 노래를 지운다.

저녁연기 피워 올리는 들녘의 고요. 어둠은 평온의 숨소리. 슬픔은 언제나 내 몫으로 남는다.

신록의 벤치 위에

아침이 흐리니 새들의 지저귐 잦아들었다. 오늘도 어떻게든 흘러가겠지. 나는 그 배에 탄 방랑객.

하루의 총량은 예비 되어 있지 않고. 햇살을 가릴 나뭇잎들 자라기만 한다면 더 필요한 것 없지. 단지, 신록의 벤치 위에 내려놓을 게 없는지 생각해 보기만 한다면

가로수들이 묻는다.

그대는 나를 닮아가는가.
아니면 떠나가는가.

신神을 위하여 · 1

나는 신을 믿지 않는다. 그러나 나도 모르게 신을 찾을 때 비로소 인간다움을 느낀다. 그것은 인간이 얼마나 작은 존재인지를 깨닫는 일이며, 모든 불행을 받아들이는 일이며, 다른 누군가를 위해 무릎 꿇는 일이기 때문이다.

신神을 위하여 · 2

인공지능 로봇이 지구를 지배하는 날이 온다면 가장 먼저 인간의 기억에서 신을 죽이리라. 신이 인간의 마음에 죽음 조차 정의롭게 하는 힘을 불어 넣어 줌으로써, 로봇은 두려움이 사라진 죽음 너머의 인간과도 싸워야 하기에

신神을 위하여 · 3

가난한 사람들이 뿌린 씨와 피와 죽음과 잃어버린 꿈과 노동 위에 세워진 지식의 성당. 뾰족 탑 위에서 종을 치는 사람들이여! 신이 종소리를 하늘이 아니라 저 낮은 곳으로 왜 울려 퍼지게 했는지. 그대들은 빚을 지고 있는 것이다.

제4부

안개

여행자 같다.
떠밀려온 돌과 부러진 나무에
막혀 오갈 수도 없게 된

모든 것이 돌고 돌아
슬픔을 주고 떠난다 해도

나의 몫은
그것을 받아들였다는
증명서를 책갈피 속에 꽂는 일

나는 에피쿠루스를 사랑하는 자
그렇게 살기로 했다.

새벽안개처럼
누군가에게서 잊힐 권리
나에게서 사라질 권리

보이지는 않지만 흘러가는 공기처럼

고요는 언제나 위대한 마음과 통했으므로

오월

여름으로 가는
길목의 마지막 주막

강 건너지 않고
주막집 여인과 한평생
살고픈 마음

즐겼다 가리라.

꽃송이들과
꽃송이의 향기 좇아
나비가 되어

마음과 마음을 건너며
하늘 닿는 곳까지

놀다 가리라.

우주인

수만 년 전
누군가 발자국을 남기며 지나갔을
황톳길

나는 땅 위를 걷지만
지구 위를 걷는 것이다.

높은 곳에서 낮은 곳으로 굽이져 흐르는 다랑이 논. 그 푸
르름을 둘러싼 소나무들이 곧게 뻗어 산의 높이를 더한다.
도래지로 떠나지 못한 외기러기 잿빛 날개 펄럭이며 날아오
르고

아, 나는 지구 위를 걷는 게 아니다.
우주 속을 걷는 것이다.

운명론자의 독백

어느 시집에서 대나무 숲 향이 물씬 배어나는 시를 보았다 하자. 나는 부럽다는 생각을 한다. 내가 작아 보이고 아, 사는 게 허무해져 버린다.

그러나 이내 고개를 젓는다.

운명의 방향이
다르게 나 있으므로

단지, 그 시인이 해류에도 쓸리지 않는 검은 돌덩이 하나를 나의 심장에 남겨두고 갔구나!
생각해 보는 것이다.

나의 돛은 불어오는 바람을 방향으로 삼는다.

입추 앞에서
— 별리別離 · 1

비가 오고 개기를 여러 날. 이리저리 비탈을 헤맬 때 절정을 향해 떼 지어 부르던 매미들 소리. 헤어질 땐 모르고 시간이 지나서야 상처가 울어댄다는 것을 홀로 남은 저 매미는 알까?

물들지 않으리라.

손가락을 펴서 그대와의 인연을 강물에 띄워 놓기만 한다면 저물녘은 찾아오고 교차로를 따라 어느 밤길로 흘러가겠지. 그러다 이끼의 세월에 묻히는 것. 무엇이 불행이고 무엇이 다행일까?

그렇건만,

마음에 물들지 않으리라.
지금 물드는 것은 추한 빛. 상처가 울어대는 마음일진대.

작은 방

잠자고 일어나니
늦은 오후

혼자 있기가 두려웠다.

작은 방
나의 에너지를 빨아들이는
우울의 방

미뤄두었던
차 세차를 한다.

바람 탄 검정비닐의 휘날림
아이들 목소리가 사라진 거리의 고즈넉함

살아 있다.

한겨울 태양 빛의

차운 풍경이
움직거리며 말을 건다.

함께 떠나자.

어디든
모르는 곳으로
바람이 데려가는 곳으로

장마

밤꽃 향 사그라들고
흑장미 꽃잎 떨구는

유월 하순

밤 꿈에 떠난 임 찾아와
말을 걸다 사라지고

어머니는
보고 싶다 전화가 오고

비 오기 전
내 마음 젖은 구름 되어

또 어딜 헤매고 있는가.

절정을 넘어서 오는

군데군데 베이지 않은 벼들
처량히 우는 밤새 소리 같다.

색을 버림으로써
자신의 색을 찾아가는
가을 들녘

침묵의 교향악은
절정의 고개를 넘어서 온다.

그리고 뒤에 올
겨울꽃

시련이 피워 올리는 상념을
꽃으로 맞이하는 마음이라 해야 할까?

좋겠네

생각이 많고 많아도
수묵水墨의 여백
하나쯤은
갖고 살았으면 좋겠네.

담박함에 지치기도 하고
나를 바라보는
그대
외롭기도 하겠지만

아무런 맛도
아무런 색채도 띠지 않는
공기가 되었으면
좋겠네.

그것에 익숙지 않아 괴로울지라도

우리 삶이 아무도 모르게

자신도 모르게

저,

허공의 세계로

솟아올랐으면 좋겠네.

태양이 서성이다

산 아래 모든 것들 위로
땅거미 내려앉는데

하늘만은
하늘만은 아니다.

푸른 진주알 속 흰 구름
뭉쳤다 커지며 부풀어 올라

설산 봉우리
절벽 위의 성채
비상하는 용이 된다.

여름날의
하늘

상상하는 무엇이든 녹여 만드는
뜨거운 청춘 빛깔

태양도 저 모습 오래 보고 싶어
저리 늦도록 서성이나 보다.

트라이앵글

두 별 사이의 둥근 달. 서西로 기운다. 멀어져 갈수록 어둠에 파먹히고. 달이 사라져 버린 날 눈물이 마르지 않는 폭포 위에서 두 별은 제 자리를 지키고 있었다.

나는 사랑을 생각했다.

초하루 밤에도 달은 어딘가에서 운행을 지속하고 두 별은 길 잃은 누군가에게 푸른 등대로 빛나듯

아픈 사랑아!

그대와 나의 사랑도 순환하는 열차의 어디쯤에 있다.

포인세티아

― 별리別離 · 3

산소 앞
산벚나무가 잘린 채
검게 변해가고 있었습니다.

그 후 다시
산소를 지나다 보니
봉분 위로 낙엽이 쌓여가고

그대가 떨어뜨린 낙엽이 무거워
모질게도 베어낸 그대를 생각합니다.

그땐 왜
그대에게도
가을이 온다는 걸
받아들이지 못했을까요?

그대 없는 자리에
낙엽은 또 어디선가 불어와

햇살에 말라가고

그땐 왜 낙엽이
바닥에 뒹구는 열매를 덮어
겨울을 나게 한다는 것을 깨닫지 못했을까요?

그루터기에서
그대 이름 지워지고
포인세티아 빨간 잎이 피어납니다.

홍시

바람이 몸속을 배회했건만 그 여름 바람의 온도를 알아차릴 수 없었다.

익어감엔 순간의 깨달음 같이 온도의 대비가 있어야 하는가 보다. 차가움 앞에서 얼어 죽고 만다는 그래서 지금 익지 않으면 안 된다는 몸의 신호가 눈 뜨는 것

그러하니 마음이여!

한 서린 초승달에서 떨어지는 소복 입은 처녀를 사랑하여라. 그 밤 쓸쓸한 피리 소리 앞에 홀로 서 있더라도

화이트 크리스마스

여명이 눈을 뜨고 눈은 여명의 눈 속에 쌓이네. 나무들은 적막을 두르고 지하실에서 보일러를 때는 중

불 지피는 일 외엔 마음 쓰지 않고. 제 몸 태워 남은 재가 나이테가 되는 아, 검붉은 눈물이 되는

눈이 내리네.
세상은 점점 멀어 보이고

그대 이름 부를 수 없네. 나의 가지는 겨울잠을 자기에. 가지 부러지는 소리만이 유일한 나의 목소리

보일러가 꺼지는 날. 골방에서 나와 그대에게로 가겠네. 마음이 피운 초록의 잎새들을 데리고 분홍 꽃 날리며, 그대 이름 외치며, 가겠네.

환절기

매미가 운다. 사방팔방 외치는 소리 아니라 몇 남지 않은
여름날의 마지막 방아쇠. 엷은 구름 강 위로 떠간다.

그 빈자리를 채우는 풀벌레 소리. 밤도 아닌 한낮에 그것
도 떼 지어 부르는 긴 꼬리의 화살표들

환절기.

풀꽃 향 번져 오는 내 마음의 여울목. 길고 길었던 불안과
고요의 어느 중간쯤 아, 가을이 빈 배 타고 오나 보다.

윤여건의 시세계

가을 강을 건넌 운명론자

최준

가을 강을 건넌 운명론자

최준
(시인)

윤여건 시인의 시집 속 시들을 읽다가 문득 든 생각이다. 삶에서 겪게 되는 아픔과 슬픔은 같은 감정이 아닐까. 그리고 거기엔 분리수거가 불가능한 기쁨과 행복도 섞여 들어 있는 게 아닐까. 누구에게나 필연일 게 분명한 우여곡절을 겪으면서 자신의 삶을 살아내는 한 자아가 희망한 대로 이룰 수만은 없는 현실과 마주했을 때, 그는 대체 어떤 심정이 될까.

시를 감상하면서 생각이 많았다. 같은 시대에 엇비슷한 분량의 삶을 살아왔다는 뒷배도 선뜻 지워버릴 수 없었지만, 시인의 시들은 바깥이 아닌 시인의 내부에서 태어났다는 사실,

혹은 진실이라는 나름의 판단으로부터 내내 자유로울 수 없었기 때문이다.

나이 들면 운명론자가 된다는 건 탄생과 소멸 사이를 지탱해 온 삶에 대한 모종의 긍정성에 다름이 없다. 탄생은 이미 오래전의 일이니 되돌릴 수 없고, 죽음이 필연적으로 앞에 놓여 있는 건 알겠으나 현실과 처지가 생의 어느 지점에 이르러 있는 것인지 도무지 알 길이 없으니 말이다. 인생을 두고 흔히 길에 비유하지만, 무수한 곡절들은 원하든 원하지 않든 누구나 겪게 되는 필연의 과정이다.

이 시인에게 대체 어떤 사연이 있었던 걸까. 이전과는 완연히 달라진 윤여건 시인의 새 시집은 소리 없이 흐르는 강물의 수심과도 같이 웅숭깊어졌다. 계곡을 타고 흘러내리다 폭포로 수직 낙하하다가 여울을 이루어 굽이굽이를 돌고 마침내 이른 적요의 시간일까. 아니면 내내 유지해 왔던 자신의 목소리를 잃어버리고 새로이 득음이라도 한 것일까. 시집을 이루는 시들은 저마다 나름의 절실한 곡절을 품고 있다. 이는 시인이 겪은 자신의 체험을 응시하는 것과도 관련이 없지 않겠으나, 시는 체험이나 정서만으로 태어나지는 않는 물건이다.

시인의 시편들은 서술과 묘사가 어우러져 가을에서 다시 가을로 되돌아오는 서사적 회귀의 여정을 그려낸다. 곧 지난 시간에 대한 후회가 아니면 반성일 텐데, 이는 시집의 적지 않은 부분을 연작시가 차지하는 이유이기도 하다. 여기에는 과거를 지나온 한 자아의 고뇌가 있고, 이를 극복하기 위한, 고요하지만 간절한 자기 극복의 의지가 내재 되어 있다.

둥근 지구살이에서 사계절을 경험한다는 건 얼마나 큰 축복인가. 선택이 아닌 태생적인 운명일 텐데, 해마다 되풀이되는 계절에 대한 개인적인 느낌은 현재보다 과거의 경험이나 기억에 의존하는 경우가 많다. 여름엔 비가 내리고, 겨울엔 눈이 내린다. 여름에도 폭설을 상상할 수는 있겠으나 이를 현실에서 체험하기는 가능하지 않은 노릇이다. 여름의 끝과 이마를 맞댄 가을은 시인의 계절인가. 윤여건 시인의 시선은 가을에 주목한다.

추억의 실타래가 풀려 나풀거리며 허공 속으로 미끄러져 간다.

나는 가끔 살아 있다는 것이 신기할 때가 있다. 아침 새들의 지저귐이었던 것들이 모두 떠나간 세월이었으므로

가을.
아직 내 곁을 지나가고 있다.

절정을 향해 변해가는 청량한 가을빛과 새벽 찬 이슬 공기. 그것들이 다시 나를 눈뜨게 할지 모른다. 눈을 뜬다는 건, 고

독 나무의 슬픔을 까마귀의 검은 눈동자처럼 사랑하는 일이다.

　　　　　　　　　　　　　　　　　　－「가을 단상斷想」 전문

　나는 살아 있는 건가. 내가 살아 있음을 무엇으로, 어떻게
확인할 것인가. 일차적으로 시인은 자신의 외부로부터 의문을
확인하려 한다. 눈으로 보고 몸으로 느낄 수 있는 계절, 곧 가
을이다. 곧 "청량한 가을빛과 새벽 찬 이슬 공기"다. 시인은 봄
보다 가을에 주목한다. 가을이 갖는 쇠락과 소멸의 역설을 시
인은 도리어 반성과 희망을 발견하는 계기로 삼는다. "빛"과
"공기"는 시인의 내면으로 스며들어 자신이 살아 있다는, 살아
야 한다는 동기를 부여한다. 어떤 연유로 이러한 깨달음에 당
도했는지는 모르겠으나, 시인의 내면은 긍정성으로 바뀌었다.
　이 긍정성은 자신과 세계를 아우른다. 자연이라는 거대한
배경 속에서 자신의 정체성을 찾고, 보고 느끼는 사물들을 내
면으로 들어 앉힌다. "눈을 뜬다는 건, 고독 나무의 슬픔을 까
마귀의 검은 눈동자처럼 사랑하는 일"이라는, 시의 마지막 구
절은 의미심장하다. 면벽 수행하는 수도승처럼 매서운 결기마
저 느껴진다. 눈 뜨는 일이 곧 자신이 존재하는 세계와 타자를
사랑하는 일이라는 '발견'은 시인이 고통과 고심의 시간을 지
나왔다는 암시와 함께 환골탈태換骨奪胎하게 된 새 의식의 경
지를 보여준다. 물아일체物我一體의 깨달음이다. 나는 누구였
던가. 바깥을 안으로 소급하는 진정한 운명론자는 자신을 욕

망이 가리키는 어느 한 방향으로 몰아가지 않는다.

어느 시집에서 대나무 숲 향이 물씬 배어나는 시를 보았다
하자. 나는 부럽다는 생각을 한다. 내가 작아 보이고 아, 사는
게 허무해져 버린다.

그러나 이내 고개를 젓는다.

운명의 방향이
다르게 나 있으므로

단지, 그 시인이 해류에도 쓸리지 않는 검은 돌덩이 하나를
나의 심장에 남겨두고 갔구나!
생각해 보는 것이다.

나의 돛은 불어오는 바람을 방향으로 삼는다.
　　　　　　　　　　　　　　　　　—「운명론자의 독백」 전문

운명은 개별적이며 개인적이다. 그럴 수밖에 없다. 어느 누
가 자신과 똑같은 길을 걸어갈 수 있겠는가. 기쁨도 그렇고 슬
픔도 마찬가지다. 기쁨도 다른 기쁨이고 슬픔도 다른 슬픔이
다. 이유는 자명하다. 시인의 견해에 따르면 "운명의 방향이/

다르게 나 있"기 때문이다. 나고 죽는다는 숙명 사이에 오솔길로 놓여 있는 운명은 늘 움직이고 천변만화의 가능성을 지닌다. 판단과 선택도 운명이다. 마치 잠언처럼, 혹은 주문呪文처럼 시인은 자신의 운명을 거스를 수 없는 필연이라고 여기는 듯하다. "나의 돛은 불어오는 바람을 방향으로 삼는다."는 결구는 영락없는 운명론자의 태도다. 항해도를 펼쳐 목적지나 방향을 정하지 않고 부는 "바람"에 "돛"을 맡기는 것, 바람이 부는 대로 자신을 흐르게 하는 것. 하지만 이는 세상을 등지고 스스로 유배를 자처하는 현실도피의 무위無爲와는 전혀 다르다. 현실에서의 삶을 긍정하며 지속하되 개인적 욕망에 집착하지 않으려는 다짐이다. 이런 바탕에는 이제까지의 자신을 내려놓고 지나온 삶을 돌아보는 자기성찰이 깔려 있다. 이럴 때의 시인은 영락없이 운명적인 동양인이다.

　나는 철학과 역사, 경전을 읽고 사회과학으로 칼을 갈았지. 그리고 시인이 되었어. 누군가는 말하지. 네 시는 거칠어. 폭풍이 주먹질하는 밤하늘처럼

　아무리 책을 읽고 시를 써도 날지 못하는 새

　날아야 한다는 호리병 속의 공기는 오히려 뚜껑을 닫습니다. 나는 이미 날고 있는지 모릅니다. 밤하늘의 별들처럼 하루

하루 제 자리를 지키며 움직이고 있다는 것만으로도

—「새 · 4」부분

모두冒頭에서도 말했지만 시인은 대체 어떤 운명을 살아왔던가. 어느 누가 시인의 지난 인생을 온전히 이해할 수 있었던가. 시인은 이 외로운 불가능을 어떤 아픔으로 견디며 건넜는가. 새처럼 머리 위 허공을 향해 날아오르지도 못하고, "아무리 책을 읽고 시를 써도 날지 못하는 새"처럼 살아온 지난날들을 반추하며 얻어낸 결과는 무엇인가.

독자의 입장에서 단정적이고 주관적으로 말하자면 '자신 들여다보기'다. 일종의 성찰일 텐데, 그 결과로 시인은 마침내 자신에 대한 집착을 버린 모양이다. 이를 긍정성에 이르는 여정이라 말하면 될까. "날지 못하는 새"였던 자신을 "나는 이미 날고 있는지도 모릅니다"로 환치시켰다.

기실 모든 행위의 근저에는 욕망이 있다. 욕망은 악과 선을 아우른다. 아니, 악과 선을 아예 구분하려 하지도 않는다. 역사가 거론하는 인물들의 행적을 들여다보면 아주 잘 보인다. 아무려나 '자신 들여다보기'를 거부하는 자아는 어떤 행위를 하든지 그 자체로 이미 죄인이다. 이런 의미에서 시「홍시」는 연민과 깨달음이라는 인간적이고 인생론적인 의미와 이마를 맞대고 있다.

바람이 몸속을 배회했건만 그 여름 바람의 온도를 알아차
릴 수 없었다.

익어감엔 순간의 깨달음 같이 온도의 대비가 있어야 하는
가 보다. 차가움 앞에서 얼어 죽고 만다는 그래서 지금 익지
않으면 안 된다는 몸의 신호가 눈 뜨는 것

그러하니 마음이여!

한 서린 초승달에서 떨어지는 소복 입은 처녀를 사랑하여
라. 그 밤 쓸쓸한 피리 소리 앞에 홀로 서 있더라도

―「홍시」 전문

'익어감'은 참으로 많은 의미를 내포하고 있다. 덜 익었다는
말은 사람에게 적용하면 미성숙이고, 열매나 사물에 갖다 붙
이면 미숙성이다. 시인은 "홍시"를 소재로 하고 있지만 내면
의 시선은 자신을 포함한 사람을 향해 있다. "홍시"에게는 "마
음"이 있을 리 없으니 시인의 표현대로 그저 여름과 가을이 가
져다준 "온도" 차를 느낄 수 있을 뿐이다. 다시 말하면 "차가움
앞에서 얼어 죽고 만다는 그래서 지금 익지 않으면 안 된다는
몸의 신호가 눈 뜨는 것"이다. 하지만 사람에게는 "마음"이 있
다. 몸이 감지한 신호(변화)가 마음으로 전이된다. 시인은 "홀

로"를 사랑하라 한다. 자신을 사랑하지 않고 어찌 남을 사랑할
수 있겠나. "홀로 서 있더라도" 사랑하라는 시인의 전언이 아
프다. 시인은 "환절기"의 몸살을 호되게 앓았나 보다.

매미가 운다. 사방팔방 외치는 소리 아니라 몇 남지 않은 여
름날의 마지막 방아쇠. 엷은 구름 강 위로 떠간다.

그 빈자리를 채우는 풀벌레 소리. 밤도 아닌 한낮에 그것도
떼 지어 부르는 긴 꼬리의 화살표들

환절기.

풀꽃 향 번져 오는 내 마음의 여울목. 길고 길었던 불안과
고요의 어느 중간쯤 아, 가을이 빈 배 타고 오나 보다.

— 「환절기」 전문

시인의 시들에는 모종의 공통점이 있다. '바깥에서 안으로'
이다. 동양적이며 전통적인 선적禪的 진행이다. 화자가 듣는
"매미"의 울음소리와 "풀벌레 소리"는 외부이지만 그 외부를
내면으로 끌어들인다. 강가에 서 있는 시 속의 화자는 생의 마
지막을 울고 있는 매미 울음소리를 듣고 여름의 끝을 예감한
다. 강에 얼비친 구름과 매미 울음 사이로 섞여드는 한낮의

"풀벌레 소리"에서 화자는 계절의 변화를 감지해 낸다. 번성
과 푸름의 시절을 마감하며 말라가는 "풀꽃 향 번져 오는 내
마음의 여울목"이다. "길고 길었던 불안과 고요의 중간쯤"에
서 "빈 배 타고" 오는 가을이다. "빈 배"는 무욕無慾 아니면 마
음의 평정平靜일 텐데, "여울목"은 "불안과 고요" 사이에 있었
다. 이 틈새를 통과해 시인은 마침내 새로운 길로 접어든다.
그 길은 나 없는 길이며 생의 번뇌煩惱를 벗은 길이다. 시인의
바람은 "생각이 많고 많아도/ 수묵水墨의 여백/ 하나쯤은/ 갖
고 살았으면 좋겠네(「좋겠네」)"라는 하나의 구절로 귀결된다.

　　아직도 꺼지지 않은 샛별의 온기 느끼며 숲으로 들어갑니
　다. 험준했던 마음의 산맥 지워지고 보이지 않는 가운데 보이
　는 것처럼

　　나 없는 존재가 됩니다.

　　세상 밖으로 나가기 위해, 햇살 방울들 어린 마음의 어깨에
　내려앉아 고드름 녹여주던 길을

　　나는 걷고 또 걷습니다.

　　　　　　　　　　　　　　　　　　　　　　—「길·1」 전문

여기에 무슨 말을 더 보탤까. 시인은 자신을 등짐 지고 만행에 나선 도보 고행승이 아닌가. 몸은 비록 속세에 놓여 있지만 마음은 탈속에 이르렀다. 부조리와 대립의 무한경쟁으로부터 자신을 지우고, 그는 홀로 자신의 길을 가려 한다. 회피나 도주가 아니라 "나 없는 존재"로 살아가고자 한다. 지난 시간의 자신을 거울에 비춰보며 참 자아를 향해 걷고 또 걸으려는 그. 그의 시 속 화자들은 시인 자신으로 여겨져서 더 아프다.

현실을 벗어날 수 없는 자아는 세월과 상황에 엮여 눈과 마음이 시시때때로 바뀐다. 이 또한 거스르고 거부할 수 없는 필연일지 모른다. 시인은 자신의 고통을 시를 통해 극복하려는 의지를 지닌 듯하다. 어쩌면 시는 타자를 위해서가 아닌, 시 쓰기로 자신을 추스르고 극복하기 위한 것일지도 모른다. 필자가 아는 윤여건 시인은 누구보다 건강하고 삶을 꿋꿋하게 지탱하며 노력하는 성실한 사람이다. 물론 시인과 시가 전혀 다른 모습으로 비치는 경우를 종종 보아왔지만, 이 글에서는 논외다.

이를 한마디로 요약한 시인의 시구가 있다.

"가을은 기억을 향기로 바꾼다"

쇠락과 소멸의 계절이라 말하는 "가을"을 시인은 외려 자각을 통한 희망으로 환치한다. 인간적인 면모와 더불어 세계와 삶을 긍정으로 이끌어 가려는 시인의 의지가 이 한 구절에 오롯이 들어 있다. 절망과 거부의 시대에 시인이 지니고자 하는 생에 대한 긍정성은 분명 값진 것임을 새삼 생각해 보게 한다. 이 팍팍하고 외로운 세상살이의 마당에서 성찰과 깨달음을 주는 시가 여전히 유효하고 소중한 이유이기도 하다.

하지만 안다. 이 어설픈 감상문은 독자들의 시 읽기에 도움이 못 될뿐더러 당신들의 삶에 버무려 보탤 수 있는 불 지핀 난로도 되지 못한다는 걸.

변명일지도 모르겠지만 이유가 있다. 시를 읽는 한 독자가 내내 아팠기 때문이다. 객관적이지 못할 수도 있고 감정적일 수도 있겠다. 단지 이 질문, 산다는 게 무엇인가? 나는 대체 이 시인에 대해 얼마나 알고 있는가? 라는 물음 앞에서 발걸음을 멈춘다. 때로는 앎이 모름보다 못할 수도 있다는 위험성을 내내 감당하고 애써 버텼지만, 현실에 목매어 비겁하기만 한 필자는 여전히 자신이 없다.

아무것도 보탤 게 없는 필자는 다만, 먼 길을 걸어가려는 그의 여정에 신발 한 켤레 건네주고 싶다. 참으로 오랜만에 거듭 감상하게 만드는 시집을 상재하는 윤여건 시인에게 고마움을 전한다. ▨

| 윤여건 |

충남 논산에서 출생. 2008년『시로여는세상』으로 등단했으며, 시집
으로『새를 꿈꾸지 않았다』『그의 목소리에서 바다 내음이 났다』가
있다.

이메일 : yyk0942@daum.net

현대시 기획선 102
북두성
초판 인쇄 · 2024년 6월 25일
초판 발행 · 2024년 6월 30일
지은이 · 윤여건
펴낸이 · 이선희
펴낸곳 · 한국문연
서울 서대문구 증가로29길 12-27, 101호
출판등록 1988년 3월 3일 제3-188호
편집실 | 서울 서대문구 증가로31길 39, 202호
대표전화 302-2717 | 팩스 · 6442-6053
디지털 현대시 www.koreapoem.co.kr
이메일 koreapoem@hanmail.net

ⓒ 윤여건 2024
ISBN 978-89-6104-356-4 03810

값 12,000원